MILAREPA

Né en 1960, normalien et docteur en philosophie, Eric-Emmanuel Schmitt s'est d'abord fait connaître en tant que dramaturge avec *Le Visiteur*, devenu un classique du répertoire théâtral international. Plébiscitées tant par le public que par la critique, ses pièces ont été récompensées par plusieurs Molière et le Grand prix du théâtre de l'Académie française. Son théâtre, qu'il met parfois en scène lui-même, est traduit dans plus de quarante langues et désormais joué dans le monde entier. Sa carrière de romancier, initiée par *La Secte des Égoïstes*, s'est poursuivie avec *L'Évangile selon Pilate, La Part de l'autre*, *Lorsque j'étais une œuvre d'art*, *Ulysse from Bagdad, La Femme au miroir, Les Perroquets de la place d'Arezzo*. Il pratique l'art de la nouvelle avec bonheur : *Odette Toulemonde*, *La Rêveuse d'Ostende*, *Concerto à la mémoire d'un ange* (prix Goncourt de la nouvelle 2010), *Les Deux Messieurs de Bruxelles*. Son Cycle de l'Invisible (*Milarepa, Monsieur Ibrahim et les fleurs du Coran, Oscar et la dame rose, L'Enfant de Noé*, *Le sumo qui ne pouvait pas grossir, Les dix enfants que madame Ming n'a jamais eus*) a remporté un immense succès en France et à l'étranger. En 2006, il écrit et réalise son premier film, *Odette Toulemonde*, suivi, en 2009, de sa propre adaptation d'*Oscar et la dame rose*. Mélomane, Eric-Emmanuel Schmitt est aussi l'auteur de *Ma vie avec Mozart* et *Quand je pense que Beethoven est mort alors que tant de crétins vivent*. En 2015, il publie un récit autobiographique, *La Nuit de feu*. Il a été élu à l'académie Goncourt en janvier 2016.

Paru dans Le Livre de Poche :

CONCERTO À LA MÉMOIRE D'UN ANGE
LES DEUX MESSIEURS DE BRUXELLES
LES DIX ENFANTS QUE MADAME MING N'A JAMAIS EUS
L'ÉLIXIR D'AMOUR
L'ENFANT DE NOÉ
L'ÉVANGILE SELON PILATE
suivi du JOURNAL D'UN ROMAN VOLÉ
LA FEMME AU MIROIR
GEORGES ET GEORGES
LORSQUE J'ÉTAIS UNE ŒUVRE D'ART
MILAREPA
MONSIEUR IBRAHIM ET LES FLEURS DU CORAN
ODETTE TOULEMONDE *et autres histoires*
LA PART DE L'AUTRE
LES PERROQUETS DE LA PLACE D'AREZZO
LE POISON D'AMOUR
LA RÊVEUSE D'OSTENDE
LA SECTE DES ÉGOÏSTES
SI ON RECOMMENÇAIT
LE SUMO QUI NE POUVAIT PAS GROSSIR

THÉÂTRE 1
La Nuit de Valognes/Le Visiteur/Le Bâillon/
L'École du diable

THÉÂTRE 2
Golden Joe/Variations énigmatiques/Le Libertin

THÉÂTRE 3
Frédérick ou le boulevard du Crime/
Petits crimes conjugaux/Hôtel des deux mondes

ULYSSE FROM BAGDAD

ERIC-EMMANUEL SCHMITT

Milarepa

suivi de

Ce que le bouddhisme nous apporte…

ALBIN MICHEL

ISBN : 978-2-253-17414-1 – 1re publication LGF

Tout a commencé par un rêve.

De hautes montagnes… une bâtisse posée sur les rochers, une bâtisse rouge, d'un rouge assourdi, un rouge de soleil couchant ; plus bas, des carcasses de chiens qui pourrissaient dans un nuage de mouches… Le vent me pliait. Dans mon rêve, je me tenais sur mes deux pieds, mais j'avais l'impression d'être très haut, plus haut que moi-même, au-dessus d'un corps assez fin, sec comme une aile de papillon. C'était mon corps et ce n'était pas le mien. Dans mon sang circulait une haine intarissable qui me poussait à chercher sur les sentiers un homme que je voulais tuer avec mon bâton ; la haine était si forte, un lait noir bouillonnant, qu'elle finit par déborder et qu'elle me réveilla.

Je me retrouvai avec moi, rien que moi, dans mes draps ordinaires, ma chambre de Montmartre, sous un ciel parisien.

Le rêve m'amusa.

Mais le rêve revint.

D'où viennent les rêves ?

Et pourquoi celui-là fondait-il sur moi ?

Toutes les nuits, je me retrouvais sur les longs chemins pierreux avec cette vengeance au cœur. Et toujours ces cadavres de chiens, et ce bâton dans ma paume qui cherchait l'homme qu'il devait assommer.

J'ai commencé à prendre peur. D'ordinaire, les songes apparaissent puis s'effacent. Ce rêve-là s'incrustait ! Je me mettais à fréquenter deux mondes, tout aussi stables, tout aussi établis : ici, à Paris, le monde du jour où je me cognais aux mêmes meubles, aux mêmes gens, dans la même ville ; et là-bas – mais où, là-bas ? – le monde des hautes montagnes de pierres où je voulais tuer un homme. Si les songes se répètent au milieu de la vie éveillée, comment ne pas croire qu'il s'agit d'une deuxième vie qu'on vit ? Quelle porte m'avait ouverte mon sommeil ?

La réponse mit deux ans pour prendre le visage d'une femme.

C'était une femme évasive comme la fumée de sa cigarette ; elle se tenait au fond du café où j'allais prendre mon petit déjeuner, seule à sa table, le regard perdu dans les volutes qui l'entouraient. Je croquais mon croissant en la fixant, sans arrière-pensée, comme ça, parce qu'elle faisait partie de ces êtres que l'on observe sans trop savoir pourquoi ils vous attirent.

La femme se leva et s'assit en face de moi. Elle me prit le croissant des mains et finit de le croquer. C'était fait si naturellement que je me laissai faire. Puis elle me regarda dans les yeux :

— Tu es Svastika, dit-elle. Tu es l'oncle. Tu es l'homme par lequel tout arriva, le caillou sur lequel on trébuche au début du chemin.

— Je ne crois pas, dis-je simplement. Je suis Simon.

— Non, dit-elle.

— Mais si, Simon depuis trente-huit ans.

— Tu ne sais rien, affirma-t-elle de façon coupante. Tu t'appelles Svastika. Tu parcours les montagnes des songes depuis des siècles en essayant de purger ton âme. Tu voudrais te libérer de la haine. Tu n'y arriveras qu'en racontant l'histoire de celui que tu combattis, l'histoire de Milarepa, le plus grand des ermites. Lorsque tu l'auras racontée cent mille fois, tu échapperas enfin au samsara, ta migration circulaire et sans fin.

Et elle retourna s'asseoir à sa place, s'isolant derrière un mur bleuté et instable de fumée. Elle répétait :

— Cent mille fois, tu m'entends, cent mille fois…

Évidemment, je me dis qu'elle était dérangée, mais j'avais retenu les deux noms, Svastika et Milarepa, l'oncle et le neveu, et j'ai mené l'enquête pour les identifier. Dans une bibliothèque, je découvris les chants de Milarepa, le vénérable et puissant yogi. Et j'entrepris un voyage au Tibet parce que je voulais aller là-haut, sur le toit du monde. Et je lus les poèmes qu'il légua à ses disciples. Et j'appris, à trente-huit ans, que je m'appelais effectivement Svastika, et que je portais ce nom depuis neuf siècles.

Mes songes me l'ont dit : j'ai été chien, fourmi, rongeur, chenille, caméléon et mouche à merde. Jusque-là, j'ai eu peu de vies humaines pour me libérer en racontant. J'ai assez mal migré. Trop souvent rat ou souris ; trop souvent mort dans un piège ou dans la gueule d'un chat. Dans ce corps-ci, il faut que je me rattrape. Ce soir, d'après mes calculs et ceux de mes songes, je pense que j'approche de la cent millième… Est-ce la quatre-vingt-dix-neuf mille neuf cent quatre-vingt-dix-neuvième ? Est-ce la cent millième ?

Avec de tels chiffres, comment voulez-vous tenir une comptabilité précise…

Mon histoire commence au Tibet, dans le pays du Centre-Nord. J'étais berger.

Un jour, les démons s'infiltrèrent dans le corps de mes chèvres et de mes yacks ; les bêtes suaient de fièvre, jambes tremblantes et tête qui tourne ; elles mouraient en quelques jours, vidées de bave. La maladie me ruina.

Muni seulement de quelques baluchons, j'arrivai chez mon cousin avec ma femme et tous mes fils. Le cousin nous reçut à Kyagnatsa, très gentiment. Dans la maison grandissait le petit Milarepa, qui courut au-devant de nous pour nous recevoir.

Je me souviens de son premier sourire, sur le seuil où il tenait la porte ouverte.

L'enfant Milarepa s'émut très fort en apprenant nos malheurs, il nous plaignit, il nous embrassa, il voulut donner tous ses jouets à mes fils. Et lorsqu'il découvrit qu'il ne nous restait, à ma femme et à moi, qu'un seul vêtement chacun, un seul vêtement que nous ne pourrions laver qu'aux beaux jours, il pleura. En un instant, sa pitié me couvrit de poux et de haillons. Sa bonté m'abaissait. Dans ses sanglots, ce soir-là, je découvris que j'étais pauvre. C'est ce soir-là, je crois, le soir des larmes, que je sus que je le haïrais à jamais.

Je travaillai dur. L'argent était facile dans cette région. En quelques années, j'amassai une fortune.

Milarepa avait six ans lorsqu'il perdit son père. Mon cousin, par testament, me l'avait confié, ainsi que sa jeune sœur et sa mère. Leurs biens, yacks, chevaux, moutons, vaches, chèvres, ânes, le champ triangulaire et les parcelles, ainsi que tout le contenu du grenier, or, argent, cuivre, fer, turquoises, étoffes de soie et chambre des grains, tout me fut attribué provisoirement en attendant que Milarepa fût en âge de tenir sa maison.

Devant le corps froid de mon cousin et au milieu des pleurs des siens, je décidai que plus jamais le petit Milarepa ne sourirait comme il avait osé me sourire, que plus jamais il ne fondrait en ces larmes sympathiques, ces larmes trop douces, ces larmes de riche qui s'apitoie.

Je le chassai de la grande maison, je les forçai, lui, sa sœur, sa mère, à travailler.

En quelques années, la mère se replia en une vieille femme cassée, édentée, coiffée de foin gris. La sœur servait de souillon chez les autres. Quant à Milarepa, il avait pâli, maigri ; sa chevelure, qui autrefois tombait en boucles d'or, s'était remplie de poux et de lentes. Mais il grandissait quand même, il devenait beau. Il attendait mes biens comme son dû, il gardait la nuque droite, il croyait à la justice, il m'appelait son oncle et ne me traitait même pas de voleur. Je le haïssais.

Lorsqu'il eut vingt ans et qu'il vint réclamer son héritage, il comprit que je ne le lui rendrais jamais. Il m'insulta longuement et il se mit à boire. On le ramassait saoul, à l'aube, dans les fossés. Il rejoignait l'humanité ordinaire. Il fléchissait enfin.

Il quitta notre pays. Il disparut. Ma vengeance s'accomplissait. Pour qu'elle fût complète, il ne me restait plus qu'à attendre que sa sœur écartât définitivement les jambes, ce qu'elle faisait déjà occasionnellement lorsque l'argent des aumônes ne lui suffisait pas.

Mes fils prirent femme. Ma maison regorgeait de brus enceintes et joyeuses. Ma fortune prospérait autant que leurs ventres. Il semblait même que le printemps devînt plus vert et plus long. Mon épouse appelait cela le bonheur.

C'était le jour des noces. Je mariais mon dernier fils. Trente-cinq convives festoyaient déjà dans la grande salle lorsque je sortis avec ma femme pour donner des ordres aux domestiques. Avons-nous bien fait de sortir ?

Une servante affolée jaillit des écuries.

— Seigneur, seigneur, criait-elle, les chevaux ont disparu !

Je me précipitai. Les stalles étaient pleines mais à la place des chevaux, je trouvai une profusion de scorpions, d'araignées, de crapauds, de serpents et de têtards. Tout cela sentait la magie noire.

Je courus prévenir mes invités. Déjà, il était trop tard.

Les étalons en érection et les juments en chaleur avaient déboulé dans la salle du festin et, dans un concert de hennissements infernaux, les étalons saillaient les juments, la sueur aux cuisses, l'écume aux dents ; et tous ces chevaux cabrés, éructant, vociférant, assenaient des ruades aux murs et frappaient les colonnes. Il ne fallut qu'un instant pour que la maison s'écroule, les poutres s'affaissent, le toit s'enfonce, et, dans les craquements d'os, les derniers cris de rut et de désespoir, un immense nuage de fumée s'éleva.

Puis ce fut le silence, un silence froid, solennel, le silence des grands glaciers au cœur gelé de l'hiver.

Trente-cinq hommes et femmes. Dont mes fils et mes brus. Tous morts. Ma femme et moi n'avions même plus la force de crier ou de nous plaindre. Pourquoi n'étions-nous pas morts aussi ?

C'est alors que Parure Blanche apparut, dansant de bonheur sur les ruines.

— Milarepa, mon fils, sois remercié ! Tu nous as tous vengés. Merci d'avoir appris, durant ces longues années, la magie des envoûtements. Je ne regrette pas de t'avoir donné toutes mes richesses cachées pour que tu obtiennes l'apprentissage suprême. Bravo, mon fils, merci !

Je me levai pour aller la tuer. Mais les villageois s'interposèrent.

— Ne la touche pas, sinon il se vengera.

Tout le monde avait perdu un proche lors du massacre commandé de loin par Milarepa. Chaque matin, quelqu'un se proposait d'aller assassiner la mère. Chaque matin, on avait plus de mal à retenir l'indigné. Alors Parure Blanche fit circuler une lettre, qu'elle disait venir de son fils Milarepa, mais dont je suis sûr qu'elle était elle-même l'auteur.

« Ma mère, disait la lettre, si les gens du pays continuent à vous montrer une haine particulière, envoyez-moi par écrit leurs noms et ceux de leur famille. Par le moyen des sortilèges, il me sera aussi facile de les faire mourir que de jeter en l'air une pincée de nourriture. Ainsi je les détruirai jusqu'au neuvième degré de parenté. »

Les villageois vinrent exiger de moi que je rendisse le champ triangulaire à la mère et ils prirent désormais soin de lui sourire ou de l'éviter.

Bien qu'âgé, je recommençai à faire fortune. Certes, je n'avais plus d'enfant à qui la léguer à ma mort, mais je n'y songeais plus, tout occupé à reconstituer ce que j'avais perdu.

L'été était superbe. De mémoire d'ancien, jamais moisson n'avait été si bonne. Nous nous disposions à la couper, lorsque soudain un petit nuage accourut, mais tout petit, à peine plus gros que le corps d'un passereau.

Puis Milarepa apparut, monta sur le rocher qui domine la vallée et proféra des malédictions.

— Crève, Svastika le serpent, Svastika le poison, mords-toi la langue et étouffe de ton venin. Enfle ! Éclate ! De l'air ! Du large ! Tu n'es qu'un glaviot de crapaud, un postillon de libellule, une pustule d'orgelet, une sueur de pisse ! Tu n'es qu'une merde que tu as chiée toi-même, une merde à face humaine, une merde à face de cul, une merde stérile, sans mouches ni vers, une merde inutile, une merde que j'emmerde !

Il prit les démons à témoin, invoqua tous les saints, raconta les mauvais traitements qu'il avait subis de ma part et se mit à pleurer des larmes de sang.

Alors de gros nuages, de gros nuages noirs inconcevables, s'amoncelèrent subitement sur la vallée. Il hurla, et les nuages s'écroulèrent en une seule masse, comme s'ils avaient été crevés par le cri. La grêle s'abattit sur les terres, les montagnes ruisselèrent de torrents, un grand vent mêlé de pluie arracha tout ce que les flots n'emportaient pas. Il n'y avait plus de moissons, il n'y avait plus d'hommes, plus de maisons. Seuls quelques villageois, dont ma femme et moi, parvinrent à se réfugier dans les grottes.

Il y a quelques jours, j'étais de nouveau au café où je prends mon petit déjeuner. Je contemplais la femme évasive…

(Ah oui, c'est Simon qui parle, pas Svastika, Simon, neuf siècles après. Maintenant, je me suis habitué à être plusieurs personnes, Simon et Svastika, comme je me suis habitué à vivre deux vies, celle du petit café noir sur la table de marbre et celle où me dépose le creux de mes songes. Maintenant, je dis « je » pour plusieurs « moi », cela m'allège. Lorsque je n'étais que moi, j'avais l'impression d'être lourd, bloqué, garrotté, condamné à moi comme à la prison.)

… donc, je regardais la femme évasive tout en racontant l'histoire de Milarepa à un vieil ami d'études, un vieil ami que je me souviens d'avoir toujours vu vieux, même lorsqu'il avait vingt ans. Il me dit alors, entre deux bouffées de sa pipe sceptique :

— Tu crois à la magie ?

La question avait l'air essentielle pour lui, comme la possession de deux jambes et d'un bassin pour marcher. J'en fus tellement étonné que je ne répondis pas tout de suite. Il continua :

— Je crois à la tempête de grêle mais je ne crois pas qu'un homme et ses incantations l'aient déclenchée. Je crois à ta maison qui s'écroule, aux chevaux qui deviennent fous, mais je ne crois pas à la manipulation de l'accident par un magicien. Qu'en penses-tu, toi ?

— Moi ? Qui, moi ?

— Toi, Simon. Je te parle !

— Mais je ne pense pas, je raconte.

J'avoue que je ne savais pas si ma réponse était idiote ou très profonde. D'ailleurs, plus j'avance en âge, plus la frontière entre l'extrême bêtise et la grande intelligence s'estompe. Comme celle du rêve et du réel.

Le vieil ami cligna des yeux, méditant longuement ma phrase dans le cul de sa pipe.

Puis il prit une allumette, la frotta, l'étincelle jaillit. Il brandit l'allumette devant moi.

— Moi, je ne crois qu'à la science. La physique, la chimie suffisent à tout expliquer. Ainsi, dis-moi d'où vient la flamme ?

Il me narguait, c'était évident.

Je saisis l'allumette et soufflai la flamme.

— Voilà. Si tu me dis maintenant où est allée la flamme, je te dirai d'où elle vient.

La terre cicatrise plus vite que les hommes. Les années passèrent. J'avais reconstruit mon domaine, ma ferme, ma fortune, mais mes fils restaient morts. Sitôt qu'une journée libre se présentait, je prenais mon bâton de tueur et je cherchais Milarepa dans la montagne. Depuis ma jeunesse aux dents blanches jusqu'à la crinière grise de mes vieux jours, je n'aurais donc fait que haïr Milarepa. Jusqu'à ce que…

Mais il est trop tôt. Il faut que je raconte dans l'ordre l'histoire de Milarepa, sinon, cette fois-ci pourrait ne pas être comptabilisée dans ma dette.

Milarepa, au lendemain de ses sortilèges, n'avait pas trouvé le repos. La nuit, le sommeil le fuyait et les images revenaient ; oui, ils revenaient, les visages qui criaient de douleur, les mains qui se tendaient, les mères qui cherchaient leur enfant dans les flots tournoyants, ils revenaient, le bruit de l'eau qui noyait les poumons, les idées oppressantes des derniers instants de l'agonie… Milarepa se rendait compte que sa force ne lui avait servi que pour le mal, Milarepa se prenait en horreur.

Il désira la paix comme la soif désire l'eau. Il décida de se rendre à Tchro-oua-lung, chez le grand Marpa le Traducteur, dont on lui avait dit qu'il serait le seul à pouvoir l'aider. En traversant la vallée des Bouleaux, il calcula le temps qu'il avait mis à obtenir les formules des maléfices : deux ans ; il se dit que dans un délai équivalent sans doute, il posséderait les formules du bonheur. Il était presque heureux en franchissant la porte du Grand Lama.

Marpa l'attendait car, durant la nuit précédente, un songe lui avait annoncé cette visite en lui révélant que tous deux, Milarepa et lui, étaient en communion depuis leurs vies antérieures. Il fixa l'arrivant de ses yeux en forme de grains d'orge.

— Lama précieux, ô Grand Marpa. Je suis un terrible criminel.

— Si tu es un criminel, ne viens pas t'en accuser près de moi. En péchant, tu ne m'as pas offensé.

— Je vous offre mon corps, ma parole et mon cœur, je vous demande la nourriture, le vêtement et l'enseignement. Veuillez m'enseigner la voie qui mène en une seule vie à la grande perfection.

Marpa épousseta sa robe, comme si quelque chose l'agaçait. Puis il ferma les paupières pour répondre :

— J'accepte le don de ton corps, de ta parole et de ton cœur. Mais je ne te donnerai pas la nourriture et le vêtement en même temps que l'enseignement. Ou je te donne la nourriture et le vêtement et tu cherches l'enseignement d'un autre, ou je te donne l'enseignement, et tu cherches ailleurs la nourriture et le vêtement. C'est l'un ou l'autre, choisis !

— Je choisis votre enseignement.

Marpa se mit à se gratter douloureusement le coude. Milarepa s'exclama avec enthousiasme :

— Je mendierai ma nourriture et mon vêtement dans toute la vallée.

— Soit, dit Marpa en voyant le sang poindre sur son bras. Maintenant, sors du temple et emporte ton livre de magie, ton odeur fait tousser les idoles.

L'accueil du Grand Lama avait été glacé. Son épouse se montra bien plus hospitalière et offrit à Milarepa un bol de soupe, ainsi qu'un coin où s'étendre.

Dès le lendemain, il commença à mendier du haut en bas de la vallée.

Marpa alla enfin rendre visite à sa jeune recrue et lui demanda quels avaient été ses crimes. Milarepa raconta sa vengeance, les enchantements de la grêle et de la destruction.

— Très bien, dit alors Marpa, tu vas de nouveau les utiliser pour moi. Grimpe sur ce promontoire et envoie une grêle sur les pays de Yabrog et Ling. Puis organise un petit massacre des montagnards qui occupent la passe du Lhobrag.

Le travail fait, Milarepa se prosterna devant Marpa et exigea la formule de la Bodhi pour atteindre la félicité.

Marpa s'empourpra et se mit à parler comme on crache :

— Quoi ? En échange de tes crimes ? Tu veux la formule du bien contre l'exercice du mal ? Mais tu n'as pas une miette de dignité ! Mais tu ne mérites même pas que je considère ton cas, ou même que je t'adresse la parole ! Maintenant, va rendre les récoltes aux pays de Yabrog et de Ling, puis va guérir les montagnards. Je n'accepterai pas de te revoir avant.

Milarepa comprit qu'il devait se racheter. Il fit du mieux qu'il put pour réparer ses forfaits et revint se présenter aux pieds de Marpa.

— Grand Lama, je me repens. Donne-moi ton enseignement.

Marpa se frotta la nuque. Dès qu'il voyait Milarepa, il ne pouvait s'empêcher de se gratter.

— Plus tard, plus tard... Je ne te sens pas mûr. Le mal est plus aisé à faire que le bien, le mal est rapide, sans effort, mais c'est une glu dont on ne se dégage pas si vite...

— Grand Lama, je t'en supplie.

— Construis-moi une tour ronde !

— Pardon ?

— J'ai besoin d'une tour ronde. Construis-moi une tour ronde.

Et Milarepa, tout en occupant les heures de la nuit à mendier sa subsistance, commença à ramasser et à tailler des pierres, creuser des fondations, il traça, il bâtit, il éleva... ses bras et son dos saignaient sous l'effort mais la tour montait. Lorsqu'elle fut presque achevée, Marpa vint le voir.

— Que fais-tu ?

— J'achève ta tour ronde, ô Grand Lama.

— Es-tu fou ? Je ne t'ai jamais demandé une tour ronde ! Démolis ça immédiatement. Et remets et les pierres et la terre à leur place !

— Mais... Grand Précieux...

— J'ai dit !

Et Milarepa s'exécuta. Lorsqu'il eut tout démoli, remis et les pierres et la terre à leur place, il se prosterna devant Marpa.

— Grand Lama, je me repens. Donne-moi ton enseignement.

— Fais-moi une tour en demi-lune.

Milarepa, sans protester, se mit au travail. Au moins savait-il cette fois où chercher la terre et les pierres. Et Milarepa, tout en occupant les heures de la nuit à mendier sa subsistance, commença à ramasser et à tailler des pierres, creuser des fondations, il traça, il bâtit, il éleva… ses bras et son dos saignaient sous l'effort, mais la tour montait. Lorsqu'elle fut presque achevée, Marpa vint le voir.

— Que fais-tu ?

— Ta tour en demi-lune, Grand Lama, celle même que tu m'as demandée.

— Moi, j'aurais eu une exigence aussi absurde ? Démolis cette verrue immédiatement. Et remets et les pierres et la terre à leur place !

— Mais… Grand Précieux.

— J'ai dit !

Milarepa eut envie de pleurer, mais ses mains et son dos, déchirés par les blocs de granit, se chargèrent de verser du sang à la place des larmes. Il s'exécuta encore, il remit et la terre et les pierres à leur place.

Au matin, Marpa entra dans sa cellule et le regarda avec un bon sourire.

— J'ai réfléchi, Milarepa. Fais-moi une tour triangulaire.

— En êtes-vous sûr, Grand Lama ?

Le Grand Lama se mit à se gratter, comme si Milarepa eût été une puce ou un taon, quelque chose de négligeable et cependant d'insupportable.

— Est-ce que j'ai l'habitude de dire n'importe quoi ?

Et Milarepa, tout en occupant les heures de la nuit à mendier sa subsistance, commença à ramasser et à tailler des pierres, creuser des fondations ; il traça, il bâtit, il éleva… ses bras et son dos saignaient sous l'effort, mais la tour montait. Son corps n'était plus qu'une vaste plaie. Parfois, à la tombée de la nuit, l'épouse du Lama venait, en cachette, lui apporter des onguents pour ses blessures, ainsi qu'un bol de soupe.

Quand Milarepa eut terminé la tour triangulaire, il alla l'annoncer joyeusement au Grand Lama.

— Grand Lama, j'ai fini ta tour triangulaire. Donne-moi ton enseignement.

— Quelle absurdité ! Démolis cet édifice inutile. Et remets et les pierres et la terre à leur place !

— Mais… Grand Précieux…

— J'ai dit !

Le Grand Lama ne souleva même pas ses paupières violettes pour regarder Milarepa.

— Tu me fatigues, Milarepa, si tu savais combien tu me fatigues… Tu ne comprends donc rien ?

— Non, Grand Lama, je ne comprends rien. Je vois simplement que vous seriez prêt à aider n'importe qui, à donner la formule du bonheur au moindre chien errant garni de puces qui se présenterait à vous, mais pas à moi.

Au mot « puces », le Grand Lama s'était remis à se gratter.

— Es-tu ivre ?

Il ouvrit les yeux et fixa Milarepa. Immédiatement, sa main droite s'activa de plus belle sur sa cuisse gauche.

— J'ai de la compassion pour toi. Construis-moi une tour blanche à neuf étages avec un pinacle. Elle ne sera jamais démolie. Quand tu l'auras terminée, je te donnerai le secret.

Et Milarepa, tout en occupant les heures de la nuit à mendier sa subsistance, commença à ramasser et à tailler des pierres, creuser des fondations ; il traça, il bâtit, il éleva… ses bras et son dos saignaient sous l'effort, mais la tour montait. Il avait cru comprendre que cette proposition du Lama contenait plus de promesses que les précédentes.

Lorsque enfin, après plusieurs mois, il eut dressé la tour blanche à neuf étages avec un pinacle, il vint chercher le prix de ses efforts.

Le Lama se jeta sur lui, lui arracha les cheveux, lui administra gifle sur gifle et l'envoya cogner contre les murs. Sans avoir eu le temps de réagir, Milarepa se retrouva en sang, tuméfié, à terre, avec, menaçant, au-dessus de lui, un homme qui guettait le moindre mouvement de vie de ses paupières pour lui redonner un coup.

— Tu n'es qu'un imbécile, Milarepa, le plus grand sot qui se soit jamais hissé jusqu'à ce monastère ! Mais tu ne comprends donc rien ? Mais tu crois vraiment que tout s'achète avec la force imbécile de tes muscles ? Et tu crois vraiment qu'une tour, qu'elle soit ronde, carrée, en demi-lune, octogonale ou à neuf étages, peut t'amener sur le chemin de la sagesse ? Mais tu as la tête plus dure que n'importe quelle pierre du chemin !

Sur ce, pris de rage, il recommença à le frapper. Les moines durent intervenir pour arracher Milarepa aux coups du Grand Lama.

L'épouse de Marpa vint le soigner pendant la nuit.

— Bizarre, dit-elle. Pourquoi te refuse-t-il les formules, à toi, et rien qu'à toi ? Je ne sais. À moi, il dit pourtant que tu es son fils chéri… Peut-être veut-il que tu lui fasses des présents, comme le ferait n'importe qui ? Je te donne quelques-uns de mes biens. Une charge de beurre, une petite marmite de cuivre, et surtout cette émeraude, dont on m'a dit qu'elle avait une grande valeur.

Lorsque, le lendemain, Milarepa présenta ses paquets dans une étoffe de soie, le Lama le chassa à coups de pied.

— Toutes ces choses m'ont déjà été offertes ! Je ne veux pas que tu me donnes mon propre bien en paiement ! Si tu as quelque chose à me donner, il faut que tu l'aies gagné.

— Grand Marpa, je vais partir. Au lieu de la doctrine, je n'ai obtenu que des insultes, des coups, un épuisement total de mes forces.

— Où vas-tu ? Quand tu es arrivé ici, tu m'as aussitôt donné ton corps, ta parole et ton cœur. Tu m'appartiens. Je pourrais te couper, corps, parole et cœur, en cent morceaux. Tu es à moi par serment.

Milarepa demeura donc. Et il se dit qu'il ne pourrait jamais atteindre l'état de Bouddha en cette vie.

J'aime beaucoup cette partie de l'histoire – enfin, Svastika l'aime beaucoup. Mais moi aussi. Rien de plus déprimant que les scélérats qui se convertissent et réussissent dans le bien aussi facilement que dans le mal. Les athlètes de la sainteté me dépriment.

Au fait – je dis au fait, mais cela n'a aucun rapport –, la femme évasive a disparu un jour. Peut-être s'est-elle évanouie avec son nuage de fumée... Je ne fus pas vraiment triste, non, mais je me mis en colère lorsque le garçon prétendit qu'il n'y avait jamais eu de femme-évasive-perdue-dans-sa-fumée-de-cigarette sur la banquette du fond ! Je ne l'ai pas bien pris parce que je pensais que la mémoire et le sens de l'observation faisaient partie des caractéristiques professionnelles d'un bon garçon de café. Quant à mon vieil ami à la pipe sceptique, il prétendit naturellement lui aussi que cette femme n'avait jamais existé.

— C'était une illusion ! C'était évidemment une illusion.

— Sans doute, lui répondis-je. Mais la différence entre toi et moi, c'est que moi, je vois les illusions.

Milarepa, reclus dans sa cellule, convaincu d'impuissance, pensait :

Du temps que je faisais le mal, j'avais des vivres et des présents à offrir. Au moment de pratiquer la religion, je ne possède plus aucun bien. Si j'avais seulement la moitié de l'or que je donnai pour faire le mal, j'obtiendrais initiation et doctrine secrète. La religion est interdite au pauvre.

Ne croyant plus aux promesses du Lama, il décida de mettre fin à ses jours. Il prépara un bol de poison.

Puisque, dans cette chair-là, cette chair de Milarepa, je n'obtiendrai jamais la doctrine, puisque je ne fais qu'entasser les fautes, je vais me tuer. J'espère, dans l'au-delà, renaître en un corps digne de la religion !

La femme du Lama arrêta son geste.

— Attention, Milarepa. Il n'y a pas de plus grande faute que de trancher sa propre vie. Avec un tel karma, tu ne t'en sortiras jamais et tu finiras en puce ou en mouche à merde.

Lorsque le Lama apprit que Milarepa, prostré, ne prenait pas le risque de mourir mais n'avait plus le désir de vivre, il sourit et demanda qu'on le lui amenât. Pour la première fois, il le regarda sans grimacer ni se gratter et lui dit paisiblement :

— Pour l'heure, tout s'est passé dans l'ordre. Il ne pouvait en être autrement. Il n'y a de fausseté en aucun de nous. J'ai seulement éprouvé l'ancien magicien que tu es pour te purifier de tes péchés. Il m'en a parfois coûté d'être aussi dur ; si j'avais cédé à la pitié, comme ma femme, je t'aurais enveloppé d'une indulgence sincère mais stérile ; la pitié ne permet à personne de se corriger. Chaque tour construite par toi a été un grand acte de foi. Tu n'as jamais failli. Maintenant, je te reçois et te donnerai mon enseignement. Nous allons nous enfermer dans la méditation et goûter le bonheur.

Il me coupa les cheveux. J'avais enfin droit au crâne lisse et à la tête ronde qui exprime la simplicité et le renoncement.

— Milarepa, ton vrai nom m'a été révélé par mon maître Naropa, dans le songe qui précéda ta venue.

Il me nomma Mila l'Éclat de Diamant. Il me lia par le vœu de noviciat et il me donna le commandement, au-delà de mes souffrances, de m'engager à aider les autres, puis, plus tard, après ma mort, de revenir sur terre autant de fois qu'il faudrait pour poursuivre ma tâche. Il voulait faire de moi un véritable bodhisattva.

Excusez-moi, j'ai peur d'avoir dit « je »...

J'ai bien dit « je », n'est-ce pas ? J'ai dit « moi Milarepa » ?

Oui, j'en suis sûr.

Curieusement, il y a toujours un moment de ce récit où je me mets à dire « je » pour Milarepa. « Moi Milarepa »... Non, quelle farce ! On se fait toujours contaminer par les histoires que l'on raconte. À force de voyager de Simon en Svastika, de Svastika en Milarepa, j'oublie mes noms, mes papiers d'origine, j'égare ce sac d'habitudes et de réflexes qu'on appelle « moi ». Je voyage plus léger.

Est-ce que cela a de l'importance ?

Enfin, si je recommence, rectifiez vous-même.

Le Grand Lama Marpa prépara les vivres nécessaires et conduisit Milarepa dans l'ancienne tanière des tigres, au creux de la falaise du Sud. Il remplit d'huile une lampe d'autel, l'alluma, puis la posa sur la tête du disciple.

— Médite jour et nuit, sans te lever. Si jamais tu bougeais, tu éteindrais la lampe et tu te retrouverais dans le noir.

— Il me resterait la lumière du jour.

— Il ne te resterait rien, car je vais murer l'orifice.

Et Marpa ferma lui-même la sortie de la grotte avec des briques et du mortier.

Je méditai ainsi, jour et nuit ; je ne remuais pas ; je ne comptais plus les heures ni les semaines, mon esprit s'absorbait dans la méditation, j'avais dissous le temps. Je découvrais que je n'étais pas seul lorsque j'étais tout seul ; ma solitude se peuplait de démons, de pulsions, de souvenirs, de désirs ; cela grouillait de partout ; j'avais envie de bouger, de me lever, de partir, de m'enfuir de moi-même ; j'étais un roi constamment en lutte contre des soulèvements et des émeutes, un roi fragile, menacé. Parfois, la paix me gagnait, une aube silencieuse dans ma nuit.

Soudain, la voix du Lama bien-aimé me parla à travers la muraille.

— Détruis le mur, mon fils. Détruis la porte de ta cellule et viens te reposer auprès de moi. Tu as passé onze mois sans laisser refroidir ton siège.

Je me levai difficilement et commençai à desceller les briques. Mais je m'arrêtai : et si le Lama allait encore changer d'avis ?

— Je t'attends, mon fils, je t'attends, répéta Marpa.

— Ne viens-tu pas ? murmura l'épouse.

Je détruisis le mur et rejoignis la chaleur du soleil. Le Grand Lama semblait heureux de me revoir.

— Alors, que t'ai-je appris durant ces onze mois ?

En effet, que m'avait-il appris ? Qu'avais-je, pendant ces onze mois, retiré de l'enseignement du Grand Lama absent ?

J'avais saisi que répéter des formules n'est rien ; seul l'effort produit des bénéfices. J'avais saisi que le bien demande plus de volonté que le mal. J'avais saisi aussi que mon corps est un navire fragile : si je le charge de crimes, il sombre ; si je l'allège en pratiquant le détachement, la générosité, l'oubli de moi, il me mène à bon port. J'avais enfin saisi qu'auparavant je n'étais pas un homme, mais seulement un deux-pattes, faiblement poilu et doté d'un langage articulé ; l'humanité m'apparaissait au bout de la route. Elle était loin, une cible. Parviendrais-je jamais à devenir un homme ?

Je continuai mon apprentissage auprès de Marpa.

Mais une nuit, un songe me renvoya au pays de mon enfance et j'en sortis, mon oreiller mouillé de larmes, avec le désir irrépressible de revoir ma mère, ma sœur et ma maison. J'annonçai au Grand Lama qu'il me fallait retourner à Kyagnatsa.

Pour la première fois, Marpa pleura :

— Si tu pars, Mila, je ne te reverrai jamais.

— Mais si, Grand Précieux, je veux seulement retrouver ma mère. Ensuite, je rentrerai au monastère.

— Je sais très bien que tu ne reviendras pas. Reste quelques jours encore, que je te livre mes derniers secrets. Après, tu partiras accomplir ton destin.

Et le Grand Lama me délivra son ultime enseignement. Je crus le comprendre, mais la suite de ma vie me montra que je n'en avais perçu que le bruit, que les mots ; seule ma mémoire l'avait pris en charge, pas mon corps, pas mon âme.

Le dernier jour, dans la cour, au milieu de tous les disciples accroupis, Marpa fit apparaître des formes : la clochette du diamant, la roue précieuse, le lotus, le glaive et les sept arcs-en-ciel… Je compris alors que le Lama avait atteint la nature d'un Bouddha, d'un éveillé. J'en fus rempli d'une joie immense.

— Viens ce soir dormir auprès de moi, me dit Marpa.

Et je passai la nuit auprès de mon Maître.

Au matin, son épouse entra en se lamentant. Il la reçut durement, comme s'il ne comprenait pas ses larmes.

— Milarepa nous quitte, mais il n'y a pas de quoi pleurer. Ce qui fait pleurer, c'est la pensée que toutes les créatures peuvent être Bouddhas, qu'elles ne le savent pas et meurent dans la douleur, sans idéal. Si c'est pour cela que tu pleures, alors il faut pleurer continuellement, nuit et jour.

— Je ne supporte pas de voir le fils nous quitter vivant.

Et elle redoubla de sanglots. Je me mis aussi à suffoquer. Même le Lama avait les yeux humides, mais il souriait, comme illuminé par la joie.

— Ne sois pas aussi dur que moi avec tes prochains disciples. Personne ne supporterait ce que toi, tu as enduré.

Ce furent ses derniers mots. Comme le veut la tradition, avant de le quitter, je mis ma tête sous son pied et je m'éloignai.

Je marchai plusieurs semaines en mendiant ma nourriture et j'arrivai dans la vallée de Kyagnatsa. Du col, je vis en bas ma maison à quatre colonnes et huit poutres, crevassée comme les oreilles d'un vieil âne ; la pluie gouttait à l'intérieur ; mon champ triangulaire ne portait plus que des herbes folles.

J'avais le désir de courir vers eux. Mais le cœur me battait trop. Je craignais que la joie ou la tristesse ne le rompe. J'attendis.

Quand le soleil fut rouge, je me décidai à descendre.

J'entrai.

La pluie et la terre étaient tombées sur les livres sacrés. Les oiseaux avaient couvert des volumes de leurs fientes ; les autres, les rats y avaient fait leur nid. Je m'approchai du foyer. Là, dans les cendres mêlées à la terre, des plantes poussaient et montaient ; à côté, il y avait un petit tas d'ossements blanchis et fragiles. Je compris qu'ils étaient… les os de ma mère.

À son souvenir, je perdis connaissance.

Désirer trop trouble l'âme.

J'avais trop désiré la revoir. Cette soif m'avait habité pendant des semaines. « Un esprit qui saurait se contenter, limiter son désir de rencontre, cet esprit-là serait un maître. » Les paroles du Lama me revenaient. J'en avais besoin.

« Rien n'est permanent, rien n'est réel. » Qu'avais-je autour de moi ? Des ruines. Et des ossements. Ce qui avait été n'était plus. J'avais été le fils de ma mère et je ne l'étais plus. Cette maison avait été la mienne et elle ne l'était plus. Les hommes et les rochers sont aussi volatils que les nuages et le vent. Notre rencontre, ma mère et moi, avait été une illusion. Notre séparation, une autre illusion.

J'entrai en contemplation et je vis avec certitude que mon père et ma mère étaient délivrés de la douleur de la transmigration.

Sept jours s'écoulèrent avant que je ne sortisse de ma méditation. Je chargeai les livres sur mon dos. J'emportai les os de ma mère dans le devant de mon vêtement. Sitôt que je me retrouvai sur mes deux jambes, le chagrin m'accabla de nouveau ; j'en étais lourd, titubant. Je compris que j'étais loin du Bouddha.

Je tenais trop aux choses.

Je n'avais renoncé à rien.

Il me fallait désormais prendre ma retraite au désert.

Milarepa partit dans une caverne pour méditer. C'est à cette époque-là que je le retrouvai. Je parle de moi, Svastika, l'oncle.

J'étais allé vérifier que nos bergers tenaient bien nos pâturages. Je faisais mes comptes sous la tente, lorsqu'un mendiant passa sa tête hirsute dans l'entrebâillement.

— Veuillez faire l'aumône à un ermite. Je prierai pour vous.

Je le reconnus immédiatement.

— Espèce de dégénéré, vas-tu bien fiche le camp ! Comment oses-tu te représenter après tout le mal que tu as fait ici !

Il commença à se défendre en prétendant que c'était nous, son oncle et sa tante, qui l'avions dépossédé et poussé à faire le mal.

Je le chassai à coups de bâton, puis lâchai les chiens sur lui.

Je me précipitai au village pour tout raconter à mon épouse. À peine avais-je fini que nous entendions Milarepa frapper à notre porte.

— Ne bouge pas, lui dis-je, je vais me débarrasser définitivement de lui.

Je descendis avec mon arc et mes flèches. Je fis ouvrir le grand portail et je le visai.

— Mon oncle, je voulais vous donner la jouissance de mon champ en échange d'un peu de farine et de condiments.

Il y eut un murmure autour de moi : chacun trouva la proposition noble et juste, chacun pensa que je devais accepter. Je ne supportais pas que l'on pensât pour moi. La colère me gonfla les veines. La bave me jaillit des lèvres. Mon cœur lâcha.

Je me souviens très mal de mes derniers mois, mes derniers mois dans le corps de Svastika. J'étais très malade, et bien incapable de me tenir sur mes jambes ; j'étais, comme ils disaient pudiquement, *bien affaibli*… Si au moins ils avaient eu raison ! *Affaibli*… Il y avait pourtant deux choses en moi qui ne faiblissaient pas : la haine de Milarepa et l'angoisse de la mort.

Milarepa s'était retiré, dans une grotte de roche blanche, au-delà de toute terre habitée. Sur une petite natte dure, il contemplait, les jambes liées par une corde de méditation, et ne se nourrissait plus que d'orties. Son corps se creusa comme un squelette et prit la couleur de l'ortie ; même ses poils devinrent verts, on aurait dit un cadavre. Il n'avait qu'une vieille étoffe trouée qui lui ceignait les reins, son seul vêtement : il s'était tellement réduit à rien qu'on l'appelait l'homme de coton. Une réputation de grand saint ermite entourait sa retraite. Les disciples se pressaient. Tout ce que j'entendais sur lui me faisait plus mal que cent mille coups de lance.

Le reste de mes jours ou de mes nuits – car je ne les distinguais plus guère – était troublé par la crainte de la mort. En vérité, ce n'était pas la mort qui m'angoissait, non, c'était la peur de perdre ce que j'avais amassé en une vie, mes turquoises, ma vaisselle, mes soieries, mon satin, mon or, mes grains, mes domaines, mon petit verre de tchang. Tout cela allait tomber en d'autres mains, des mains incompétentes, incapables, odieuses, des mains qui ne l'avaient pas mérité. La mort était un rapt. Souvent, dans la nuit, je me redressais dans mon lit et hurlais : « Au voleur ! Au voleur ! » On croyait que je m'adressais à Milarepa, mais c'était la mort que j'apostrophais, la mort qui attendait de me détrousser, tranquille, sûre d'elle, inéluctable, cette voleuse masquée, entrée depuis longtemps dans la maison de ma vie et qui, sournoise, attendait son heure. Autour de mon lit, tapie dans la chambre, elle me narguait, me faisait mariner dans ma sueur, me ballottait de souffrance en douleur, de réveil en insomnie, lentement, sûrement, parce qu'elle savait qu'inexorablement elle récupérerait tout, mon corps, mon temps, mes vêtements, mes richesses. Au voleur !

Plus je craignais la mort, plus je haïssais Milarepa. Leurs pensées s'associaient. L'homme de coton avait su se détacher, lui, de tout ce que je ne voulais pas quitter. Sans doute apparaissait-il misérable aux yeux des riches, laid aux yeux des jeunes filles, faible aux yeux des forts, mais je savais, moi, qu'avec ses os saillant sous sa peau de cire, il était profondément heureux, lui, homme de coton qui ne tenait à rien, pas même à l'étoffe trouée qui aurait pu dissimuler son sexe – car on rapportait qu'il se promenait entièrement nu. Vert et nu…

Vert et nu… dans ma tombe. Et pourtant, je savais, moi, que le vrai vivant était Milarepa, et que ce serait moi le vrai mort.

Il n'est plus cruel présent qu'une lucidité qui prend la forme de la haine. Dans mes dernières heures sur les terres du Tibet, sur mon lit de douleur, j'entrevoyais enfin la sagesse. Elle prenait la forme de celui que j'abhorrais, sur lequel je m'étais acharné toute ma vie.

Je me souviens encore de mon dernier soupir : ce n'était pas un murmure de regret, non, c'était un hurlement de haine.

L'oncle Svastika meurt. Il erre de corps en corps depuis des siècles et a fini par s'installer en moi, Simon, frappant une nuit à la porte de mes rêves. Enfin, lorsque je dis « a fini », n'est-ce pas, c'est parce que j'espère que j'approche, moi, Simon-Svastika, de la cent millième fois… Car d'après mes calculs… enfin, nous verrons bien…

Ce que l'oncle Svastika ne sut jamais, c'est que la tante, sitôt le corps de son mari refroidi, chargea un yack de quelques vivres et se rendit à la roche blanche où séjournait son neveu.

Milarepa y méditait en compagnie de sa sœur qui avait fini par le retrouver après une vie de prostitution. La tante n'osa pas franchir le pont qui menait à l'entrée de la grotte.

— Milarepa, je suis pleine de remords. Ton oncle est mort dans des souffrances atroces. J'ai compris que nous avions toute notre vie emprunté la mauvaise voie. Milarepa, peux-tu m'aider ? Je crois que j'ai besoin de toi.

La sœur se dressa et insulta la tante. Elle remonta au plus lointain passé et expliqua que tout le malheur de sa famille venait de l'oncle et la tante.

— Quel malheur ? demanda Milarepa. Je suis heureux comme je ne l'ai jamais été. J'ai appris à m'éloigner de moi, à ressentir la vacuité des choses et à prier pour le destin des autres créatures.

— Milarepa, reprit la sœur, c'est à cause d'eux que nous avons été séparés, c'est à cause d'eux que maman est morte, c'est à cause d'eux que nous avons mendié toute notre vie.

— Je ne vois rien d'humiliant dans la mendicité.

— Milarepa, supplia la tante, je te demande pardon.

— Passe le pont.

— Non, je ne suis pas d'accord, cria la sœur. Qu'elle rentre chez elle !

— Allons, n'écoute pas ma sœur et passe le pont.

— Je ne recevrai pas la tante !

— Ma petite sœur, ceux qui sont pleins de désirs et de rancœurs ordinaires ne peuvent rien pour la cause d'autrui. Et ils ne font rien de profitable pour eux-mêmes. C'est comme si un homme emporté par un torrent prétendait sauver les autres. Viens, ma tante, nous t'attendons.

— Merci, mon neveu.

— Je ne suis pas ton neveu. Je l'ai été, je ne le suis plus. Le petit Milarepa est loin, bien loin derrière, dans un passé de chair et de sang qui ne me concerne plus. Je n'ai plus de famille par le sperme, je n'ai de famille que l'humanité.

Je lui donnai des leçons sur la loi des causes et des effets. Ma tante se convertit de cœur et de parole, elle devint une ermite faisant son propre salut par la pratique de la religion et par la méditation des formules.

Je progressais.

Le jour, je changeais mon corps à volonté, suivant les innombrables formes que me proposait mon imagination, je volais dans l'espace. La nuit, dans mes rêves, je pouvais encore mieux explorer l'univers, visitant toutes les roches, toutes les forêts et tous les cieux, prenant toutes les apparences animales, végétales ou minérales, passant des eaux aux flammes, du nuage à la musaraigne.

Mais je doutais d'être efficace. Je voulus me rendre à Techou bar la, selon le présage de Marpa. Je quittai la roche blanche en emportant mon vase à cuire les orties. Mais, affaibli par les privations, mon pied couvert d'ordures glissa sur le seuil et je tombai. L'anse du vase se brisa. Le vase roula le long de la pente. Je courus pour l'arrêter. Il se brisa contre un caillou. Du vase brisé jaillit un seul bloc vert ayant la forme du pot ; c'étaient les résidus déposés par l'ortie.

Je regardai longuement l'amas verdâtre. Au même instant, j'avais un vase et je n'en avais plus. Il n'en restait que le simulacre d'herbes pourries. Rien n'est permanent en ce monde ; tout est frappé d'éphémère.

Je me mis à sangloter. Je croyais m'être rendu léger, et cependant ce vase, ce pauvre vase, passait pour ma richesse ; ce vase, devenant désirable, était devenu mon maître ; et à l'instant même où il s'était brisé, il avait encore assuré sa domination sur moi, puisqu'il s'était emparé de mes émotions. Il m'appartenait, je lui appartenais plus encore.

Maintenant que j'avais brisé le pot de terre, qu'allais-je faire du pot d'orties ?

Je l'enjambai.

Montmartre est beau ce soir. Paris est un décor. Le Tibet, un autre décor. Le vent devrait agiter plus souvent les toiles des décors pour qu'y frémisse le souffle du néant. Derrière l'image palpite le vide. Si l'on saisissait les arrière-fonds, l'obscurité des coulisses à l'infini… Rien ne pèse plus lorsque l'on sait que tout n'est qu'illusion.

Le néant…

Milarepa enseigna la sagesse aux hommes à partir du néant.

— Méditer sur le ridicule de la condition humaine, apercevoir notre profonde misère, se moquer et s'attendrir. La pitié abolit la différence entre soi et les autres ; la pitié rend généreux. Et le généreux me retrouvera. Et celui qui m'aura retrouvé sera Bouddha.

Les années passant, Milarepa ne parlait plus, il chantait.

— Il faut museler le moi. Le renoncement produit de grands effets.

Il chantait, chantait, ne cessait plus de chanter. Il composa cent mille chants.

— Je crois que j'ai tout oublié. En m'isolant dans mes grottes perchées, j'ai oublié le monde grossier des sens, l'opinion de mes frères et voisins. En perdant mon savoir, j'ai oublié les illusions de l'ignorance. En ne chantant que des chants d'amour, j'ai oublié les polémiques. En m'exerçant à la douceur, j'ai oublié la différence entre moi et les autres.

Il se penchait vers Rétchung-Pa, son disciple préféré, et lui disait :

— Je vieillis, Rétchung, ce corps-là se fissure. Bientôt, je te montrerai les signes de mon émigration prochaine, je te montrerai les signes de la vieillesse et de la maladie.

Il le fit.

Milarepa devint un vieillard. Il était maintenant prêt à mourir, comme le fruit mûr est prêt à tomber.

Un jour, il décida de le faire.

On le trouva froid, inerte. On le crut mort. Ses disciples dressèrent le bûcher, l'y étendirent et approchèrent la flamme. Mais le feu refusait de prendre. Ils essayèrent dix fois, vingt fois, mais le bois résistait comme de l'eau.

Car il fallait que son disciple préféré, son fils, fût là.

Lorsque Rétchung-Pa arriva, Milarepa lui sourit et l'embrassa.

— Je voulais que tu me voies mourir. Je ne pouvais partir qu'en étant sûr d'avoir semé toutes mes graines.

Il se tourna vers ses disciples.

— Sous l'emprise de la vérité ultime, il n'y a pas de méditant, pas d'objet à méditer, pas de sagesse définitive, pas de corps de Bouddha. Le nirvana n'existe pas, tout cela n'est que mots, façon de dire.

Il dit, et demeura immobile.

C'est ainsi que, parvenu à l'âge de quatre-vingt-quatre ans, le quatorzième jour du dernier mois de l'hiver du Lièvre de Bois, sous la huitième constellation lunaire, au lever du soleil, en mille cent quinze de notre calendrier, le maître Mila l'Éclat de Diamant, Vajra Rieur, montra les signes de la mort.

Partir du vide. Conclure au vide.

Est-ce la cent millième fois ce soir ?

Est-ce la dernière fois que Svastika aura dit le destin du neveu dont il ne sut être le frère ?

À chaque fois, je m'aperçois que je suis moins impatient d'arriver au terme du récit. À chaque fois, j'ai plus peur.

Est-ce bien la dernière fois ?

Aujourd'hui sera-t-il mon jour ?

La prédiction précise que je ne le saurai que lorsque le noir se sera fait.

Noir.

CE QUE LE BOUDDHISME NOUS APPORTE…

Entretien de Bruno Metzger avec Eric-Emmanuel Schmitt

B.M. Comment avez-vous rencontré le bouddhisme ?

E.E.S. Le bouddhisme est une main qui s'est tendue à moi de façon providentielle tandis que j'affrontais des événements dramatiques. Lors de ma trentaine, pendant deux ans, j'allais quasiment tous les jours à l'hôpital pour rendre visite à des êtres que j'aimais, atteints de très graves maladies.

Tous les jours ! Si les premières fois, je trouvais aisément à parler, à écouter, à plaisanter, à formuler mon affection, à me charger de diverses courses, je dois avouer qu'après plusieurs semaines il m'était difficile de me renouveler auprès de malheureux qui ne vivaient plus que dans un lit. Certes, je pouvais encore débiter ma gazette, raconter ce qui se passait à l'extérieur, mais cela devenait impersonnel, j'assurais un numéro, j'échouais à conserver un contact authentique et ardent. Le quotidien avait usé ma spontanéité : je finissais par agir plus par devoir que par sympathie ; dans la personne malade, je voyais la maladie davantage que la personne. C'est à ce moment-là qu'une lecture m'a sauvé.

B.M. Un texte bouddhiste ?

E.E.S. *Le Livre tibétain de la vie et de la mort*, de Sogyal Rinpoché. Je l'avais saisi parce que le titre correspondait à ce que j'expérimentais. Je ne me doutais pas qu'il s'agissait d'un chef-d'œuvre spirituel.

B.M. Que vous a-t-il appris ?

E.E.S. À accepter la situation… Si je pleurais lorsque je quittais mes proches, si je ne parvenais plus à être bien auprès d'eux, c'était parce que je niais qu'ils fussent grabataires, encore plus mourants. Je refusais l'inéluctable. Je n'admettais pas notre essentielle vulnérabilité. J'en voulais à la terre entière, à la nature, à la science, aux médecins, y compris parfois aux patients. Du coup, non seulement je m'interdisais d'aborder certains sujets sensibles, mais j'empêchais les malades de le faire. Rendez-vous compte : les alités savaient instinctivement qu'ils étaient en danger, voire aux portes de la mort, et moi je restais incapable de m'exposer à cette réalité. Je créais une tension qui conduisait au silence. Pas le *bon silence*, celui de l'accueil et de l'écoute, plutôt le *mauvais silence*, celui de l'effroi et de la crispation. Ce livre m'apprit à mobiliser mes ressources de sensibilité, de chaleur, d'amour ; il me replaça sur le chemin de l'humour et de la fantaisie, des qualités que j'avais en moi mais que la situation avait ankylosées. Grâce à ses conseils, je me détendis et commençai à éprouver qu'il n'y avait rien de plus agréable que demeurer là, à leur chevet, pendant des heures.

B.M. Une autre spiritualité ne vous aurait-elle pas apporté le même apaisement ?

E.E.S. Non, car deux éléments me nourrirent, deux éléments qui me semblent n'appartenir qu'au bouddhisme.

B.M. La compassion ?

E.E.S. La compassion bien sûr. Ouvrir son cœur aux autres. Ressentir le leur. Dans notre tradition occidentale, on ne connaît que la pitié, cette vertu hiérarchique, cette condescendance pour l'autre qu'éprouve une conscience supérieure ; rien à voir avec la compassion, cette cordialité profonde, cette religion de la bonté. Ici, le bouddhisme me désignait une route : passer de la compassion spontanée que je subis lorsque je vois un homme ou un animal souffrir à une compassion volontaire, construite, consolidée, sans condition, infinie.

B.M. Pourtant, c'est un message que l'on repère aussi dans le christianisme, lorsque Jésus conseille « Aimez vos ennemis ».

E.E.S. Certes, mais c'est là qu'intervient le deuxième trait propre au bouddhisme : la tolérance. *Le Livre tibétain de la vie et de la mort* nous suggère de ne pas prêcher notre foi. Aucun homme ne sauve un homme avec sa propre croyance. N'essayons pas de changer l'autre sous prétexte de l'aider. Chacun meurt comme il a vécu. Consentons donc à cette humiliation insondable : ne pas être doté de super-pouvoirs, ne pas secourir totalement ceux que nous chérissons, n'avoir à offrir que notre présence, notre écoute et notre joie. Une assistance limitée que nous devons donner de manière illimitée.

B.M. On ne peut qu'être d'accord avec de telles intentions. Comment, cependant, les incarner ?

E.E.S. Là encore, le bouddhisme a l'avantage de s'avérer pragmatique en nous soumettant des exercices pratiques. L'un d'eux a bouleversé ma vie à ce moment-là, puis a modifié considérablement ma trajectoire d'écrivain : se mettre à la place de l'autre.

B.M. L'empathie ?

E.E.S. L'empathie soutenue par l'imagination. J'essayais de me figurer que j'étais le grabataire, là, seul, immobile, en souffrance, et je me demandais ce dont j'aurais alors le plus besoin : un contact physique, une écoute, un regard sans crainte et sans jugement, une respiration au même rythme, la consolation d'une fidélité totale.

B.M. Y arrive-t-on ?

E.E.S. Ce qu'attend le malade n'est pas que nous y arrivions, mais que nous essayions. Cette attention-là est plus importante qu'un discours savant, qu'une déferlante d'intelligence, que la sagesse didactique.

B.M. Au fond, vous avez autant appris sur l'autre que sur vous…

E.E.S. En fait, j'ai beaucoup appris sur nous. Aider ceux qui vont mourir, c'est se libérer d'inhibitions concernant la mort. La peur – comme la souffrance – enferme, inflige le sentiment de la solitude : travailler à repousser la peur nous rend à l'humaine condition, à son universalité, donc nous rapproche les uns des autres.

B.M. Vous disiez que cela avait changé votre trajectoire d'écrivain. En quoi ?

E.E.S. Il y a deux sortes d'écrivains, ceux qui ont de l'imagination, ceux qui n'en ont pas. Ici, je ne distribue pas des bons ou des mauvais points, j'expose les faits sans jugement de valeur. Les écrivains dépourvus d'imagination constituent leur sujet d'étude, s'analysent eux-mêmes, collent à leur réalité factuelle et psychique : en explorant leur moi propre, ils atteignent l'universel et tendent aux lecteurs des repères éventuellement utiles. Les écrivains dotés d'imagination se penchent vers les autres et tentent de les comprendre par empathie et fantaisie poétique, en se mettant à leur place ; ils pratiquent « la connaissance par l'imagination ». Le bouddhisme m'a fait prendre conscience de cela et m'a encouragé à larguer les amarres, à me fondre dans des personnages d'un autre âge, d'un autre sexe, d'un autre tempérament, d'une autre spiritualité, d'un autre temps. Je me suis débarrassé de l'autofiction et j'ai pris l'air du grand large, enrichi d'une confiance renouvelée. Certes, cette pratique n'a rien de spécifiquement bouddhiste puisque les créateurs agissent de la sorte depuis des siècles ; ainsi, lorsque j'eus l'honneur de rencontrer l'immense écrivain arabe Naguib Mahfouz, prix Nobel de littérature, nous n'avons parlé que de cela, la « connaissance par l'imagination », lui de culture musulmane, moi de culture chrétienne.

B.M. Le bouddhisme a-t-il changé votre conception du monde ?

E.E.S. Soyons clairs : je ne suis pas bouddhiste. Néanmoins, en tant qu'humaniste chrétien, j'ai été profondément enrichi par le bouddhisme.

B.M. Le bouddhisme aurait donc quelque chose que le christianisme, ou l'humanisme, n'a pas ?

E.E.S. Le bouddhisme vise à supprimer la souffrance. Ce qui n'est pas le but du christianisme, lequel cherche à promouvoir l'amour, incidemment en donnant un sens à la souffrance. Sans doute est-ce pour cela que le bouddhisme recueille de plus en plus d'adhérents aujourd'hui : il offre une sagesse pour cette vie, voire le bonheur pour maintenant. Tout en l'appréciant, je ne peux m'empêcher de trouver paradoxal ce succès d'une doctrine de l'apathie puisque nous jouissons d'une époque qui a diminué la souffrance physique, voire la souffrance psychique, comme aucune autre ! Grâce aux progrès de la médecine, de la pharmacie, de l'hygiène, jamais, au cours de l'histoire du monde, la souffrance n'a été moins présente. Et pourtant, nous en souhaitons encore moins… Il y a en quelque sorte une « modernité » du bouddhisme, un accord avec notre temps.

B.M. En quoi votre humanisme a-t-il été enrichi par le bouddhisme ?

E.E.S. « Enrichi » n'est peut-être pas le bon mot. « Dépassé » conviendrait mieux. Le bouddhisme crée une chaîne entre les vivants avec sa théorie de la métempsychose et du karma. Si nous nous incarnons plusieurs fois dans différents animaux, cela signifie qu'il faut respecter la nature entière. Pour le bouddhiste, la frontière entre l'animal et l'homme n'est pas aussi marquée que pour l'Occidental ; elle devient poreuse. Du coup, le bouddhisme représente, sinon un antihumanisme, du moins un rejet de l'humano-centrisme. Le bouddhisme est écologiste.

B.M. Cependant, si le bouddhisme avance cette théorie de la métempsychose, il n'en produit pas la preuve…

E.E.S. Connaissez-vous une religion qui fournit des preuves ? Lorsqu'une doctrine le fait, elle ne s'appelle plus religion mais science. Aucune spiritualité n'apporte la vérité.

B.M. Pourtant, elles le prétendent toutes…

E.E.S. Les spiritualités nous incitent à croire en quelque chose, à adopter une vision du monde, or ne soyons pas dupes : croire n'est pas savoir. Nous pouvons adhérer à ce que dit une religion, nous ne devons pas prendre ces dogmes pour la vérité.

B.M. Alors à quoi bon ?

E.E.S. Il faut bien habiter le mystère, il faut bien apprivoiser l'ignorance. Nous avons besoin de schémas de l'univers qui mettent un peu d'ordre et de sens dans le chaos. Nous avons besoin de doubler le monde visible d'un monde invisible qui en serait l'architecture secrète.

B.M. Ce sont des fictions, donc ?

E.E.S. D'indispensables fictions. Mais qui vous prouve qu'une de ces fictions n'est pas vraie ? La vigueur du bouddhisme réside dans le fait qu'il pratique les extrêmes : à la fois très pratique, voire terre à terre, pour nous aider à moins souffrir, et puis très poétique en nous offrant un sublime tableau du cosmos.

B.M. Peut-on prendre la poésie au sérieux ?

E.E.S. Davantage que n'importe quoi puisqu'elle touche la totalité de l'esprit – la raison, l'imagination, la sensibilité, la mémoire ! D'ailleurs, il m'arrive de penser que les mathématiques se révèlent aussi une forme de poésie. Qui n'a pas éprouvé l'ivresse d'une équation habile, le vertige du postulat, la fascination pour le théorème ?

B.M. Est-ce pour cela que vous avez écrit sur Milarepa, sage et poète ?

E.E.S. Milarepa fut un maître du bouddhisme tibétain. Né en 1040, mort en 1123, il a laissé deux livres, *La Vie de Milarepa* et les *Cent Mille Chants* qui rapportent son existence et son enseignement, livres fondateurs, sortes d'évangiles qui continuent à irriguer le bouddhisme tibétain.

B.M. Qu'est-ce qui vous fascine en lui ?

E.E.S. Son chemin… Jeune, il commet des actes violents, pratique la magie noire pour se venger, destructeur, sanguinaire, inhumain, sans aucune pitié pour ses ennemis. Ensuite, torturé par le remords, il cherche à changer. Mis à l'épreuve par Marpa, il parviendra, lentement, fort lentement, à l'éveil. Si le mal est vite accompli, le bien s'obtient beaucoup plus laborieusement. Milarepa devient yogi et saint alors qu'il n'avait pas de prédispositions au départ. Moi, quand on me raconte l'histoire d'un enfant parfait qui grandit en adulte idéal, je bâille, je ne me sens pas concerné... En revanche, Milarepa, qui se hisse de la scélératesse à la bonté, me conduit à l'identification. Il propose un trajet qui inspire des milliers d'hommes depuis des siècles.

B.M. Comment est né votre texte ?

E.E.S. C'est un monologue que j'ai écrit pour Bruno Abraham-Kremer, un comédien qui a de l'ambition pour le théâtre. Il estime – avec raison – que le théâtre est un des grands lieux du spirituel et du sacré. Lorsque, comme moi, on pratique le grec ancien et que l'on a poussé en fréquentant et en traduisant Eschyle, Sophocle, Euripide, on ne peut qu'être d'accord. Il a créé *Milarepa* au théâtre Vidy-Lausanne. Au moment de la première, j'ai dû répondre aux questions des journalistes. L'un d'eux, après un passionnant entretien, conclut en me disant : « Naturellement, vous êtes bouddhiste ? » Aussitôt, j'ai démenti et, ce faisant, j'ai subitement compris l'intérêt de ma démarche : parler des différentes religions et spiritualités même si elles ne sont pas les miennes. Pour moi, il s'agit de développer un regard humaniste sur le religieux : je m'intéresse aux religions non pour des raisons religieuses ou identitaires, mais parce que je m'intéresse aux hommes.

B.M. On vous sent tellement de proximité avec le bouddhisme, dans ce texte et dans d'autres. Qu'est-ce qui vous empêche de vous déclarer tel ?

E.E.S. Un point simple et décisif : la conception du désir.

B.M. La conception du désir ?

E.E.S. Le bouddhiste vise à éradiquer le désir, ainsi que tout attachement excessif. Milarepa, par exemple, se reproche d'éprouver trop de chagrin en découvrant la mort de sa mère. Conclusion ? Il travaille mentalement sur l'attachement qu'il a pour elle en tentant d'accéder à plus de détachement. Si l'affection provoque de la souffrance, le bouddhiste tente de diminuer l'affection. L'amour en vient presque à être banni… Ne reste que l'amour de bienveillance. Or, je suis pour l'amour fou, inconditionnel, excessif. Pour moi, le bonheur ne s'assimile pas à la suppression du malheur ou de la souffrance, il ne consiste pas à s'en mettre à l'abri mais à les intégrer. Je cherche la sérénité sans supprimer l'intensité de l'émotion, ni l'épreuve du négatif. En réalité, je ne suis pas en quête de l'impassibilité, plutôt à la recherche d'un équilibre entre la joie et la douleur.

B.M. Ça ne vous choque pas qu'on puisse prendre un peu du bouddhisme, pas l'ensemble ? N'êtes-vous pas gêné par ce supermarché des religions où chacun achète ce qui lui convient ?

E.E.S. Nous vivons une époque passionnante où, enfin, chaque religion est remise à sa place : une proposition parmi d'autres. Dans le passé, on naissait chrétien, musulman, bouddhiste, sans jamais revenir en arrière ni s'interroger sur le bien-fondé de la spiritualité dont on héritait : la religion dans laquelle l'homme voyait le jour semblait naturelle, constitutive de son identité. Lorsqu'un individu se convertissait – phénomène très rare –, c'était soit sous la pression d'événements impérieux, soit par un choix intime qui lui était ensuite toujours reproché et qui le rendait fragile aux yeux de ses contemporains. Aujourd'hui, la condition de l'homme est différente : il débarque dans un monde multireligieux ainsi qu'athée, il rencontre plusieurs courants de pensée différents. Le bouddhisme tibétain, plus particulièrement contraint à l'exode que d'autres courants, se glisse en Occident comme une alternative aux monothéismes en place. La modernité, c'est que la religion apparaît comme un choix, plus comme une nécessité.

B.M. Comment expliquez-vous la notable progression du bouddhisme, cette pensée d'Orient, en Occident ?

E.E.S. En Occident, aujourd'hui, la science et la technique triomphent mais la sagesse périclite. Comment vivre ? Comment être heureux ? Les grandes idéologies qui entendaient faire le bonheur de l'humanité se sont effondrées, ainsi que les utopies politiques ; simultanément, les religions traditionnelles ont pâli. Le bouddhisme comble donc un vide. Il dessine une quête personnelle pour l'individu déboussolé. Il alloue le bonheur ici-bas, pas dans l'au-delà, un bonheur durable, même s'il passe par une ascèse et des épreuves. Peut-être parce que beaucoup d'Occidentaux dotés d'un certain confort matériel n'ont plus à se battre pour survivre, ils doivent apprendre à vivre.

B.M. Toutes les religions nous apprennent à vivre !

E.E.S. À vivre et à mourir. Parfois seulement à mourir, d'ailleurs… La force du bouddhisme tient en sa faiblesse relative : il n'offre pas l'image d'une institution puissante, rigoriste, dogmatique. Il n'a pas provoqué d'Inquisition, ni de massacre à la Saint-Barthélemy ; il ne nous envoie pas des terroristes qui se font sauter sur les places des marchés ou enfoncent les tours de New York. Une tempérance, une modération baigne le bouddhisme. Il se tient à l'écart des deux maux qui endommagent notre civilisation : le mercantilisme et le fanatisme. Contre ceux qui confondent être et avoir, qui assimilent bonheur et possession, qui deviennent agressifs à force d'être frustrés, il oppose une existence mesurée où l'on s'habitue à se connaître, à se maîtriser et à respecter ce qui nous entoure. Contre ceux qui tombent dans le fanatisme par refus de douter, contre ceux qui recourent à la fureur pure afin que l'univers cesse de contredire leurs illusions, il fournit une sagesse souriante, ouverte, tolérante, où l'on s'initie à vivre en harmonie avec les autres. Dans ce monde qui s'affole, s'angoisse et se déchire, le bouddhisme nous indique une forme incroyable de résistance : la sérénité.

Du même auteur
aux Éditions Albin Michel :

Romans

LA SECTE DES ÉGOÏSTES, 1994.
L'ÉVANGILE SELON PILATE, 2000, 2005.
LA PART DE L'AUTRE, 2001.
LORSQUE J'ÉTAIS UNE ŒUVRE D'ART, 2002.
ULYSSE FROM BAGDAD, 2008.
LA FEMME AU MIROIR, 2011.
LES PERROQUETS DE LA PLACE D'AREZZO, 2013.
L'ÉLIXIR D'AMOUR, 2014.
LE POISON D'AMOUR, 2014.

Nouvelles

ODETTE TOULEMONDE ET AUTRES HISTOIRES, 2005.

LA RÊVEUSE D'OSTENDE, 2007.

CONCERTO À LA MÉMOIRE D'UN ANGE, Goncourt de la nouvelle, 2010.

LES DEUX MESSIEURS DE BRUXELLES, 2012.

Le Cycle de l'invisible

MILAREPA, 1997.
MONSIEUR IBRAHIM ET LES FLEURS DU CORAN, 2001.
OSCAR ET LA DAME ROSE, 2002.
L'ENFANT DE NOÉ, 2004.
LE SUMO QUI NE POUVAIT PAS GROSSIR, 2009.
LES DIX ENFANTS QUE MADAME MING N'A JAMAIS EUS, 2012.

« Le bruit qui pense »

MA VIE AVEC MOZART, 2005.
QUAND JE PENSE QUE BEETHOVEN EST MORT ALORS QUE TANT DE CRÉTINS VIVENT..., 2010.
LE CARNAVAL DES ANIMAUX, 2014.

Essais

DIDEROT OU LA PHILOSOPHIE DE LA SÉDUCTION, 1997.
LA NUIT DE FEU, 2015.

Théâtre

La Nuit de Valognes, 1991.
Le Visiteur (Molière du meilleur auteur), 1993.
Golden Joe, 1995.
Variations énigmatiques, 1996.
Le Libertin, 1997.
Frédérick ou le boulevard du crime, 1998.
Hôtel des deux mondes, 1999.
Petits crimes conjugaux, 2003.
Mes évangiles *(La Nuit des Oliviers, L'Évangile selon Pilate)*, 2004.
La Tectonique des sentiments, 2008.
Un homme trop facile, 2013.
The Guitrys, 2013.
La Trahison d'Einstein, 2014.

Le Grand Prix du Théâtre de l'Académie française 2001
a été décerné à Eric-Emmanuel Schmitt
pour l'ensemble de son œuvre.
Site Internet : eric-emmanuel-schmitt.com

Le Livre de Poche s'engage pour l'environnement en réduisant l'empreinte carbone de ses livres. Celle de cet exemplaire est de :

200 g éq. CO_2

Rendez-vous sur www.livredepoche-durable.fr

Composition réalisée par DATAGRAFIX

Achevé d'imprimer en juin 2016 en Espagne par
BLACK PRINT CPI IBERICA
Sant Andreu de la Barca (Barcelona)
Dépôt légal 1re publication : janvier 2013
Édition 03 – juin 2016
LIBRAIRIE GÉNÉRALE FRANÇAISE – 21, rue du Montparnasse – 75298 Paris Cedex 06

31/7414/1